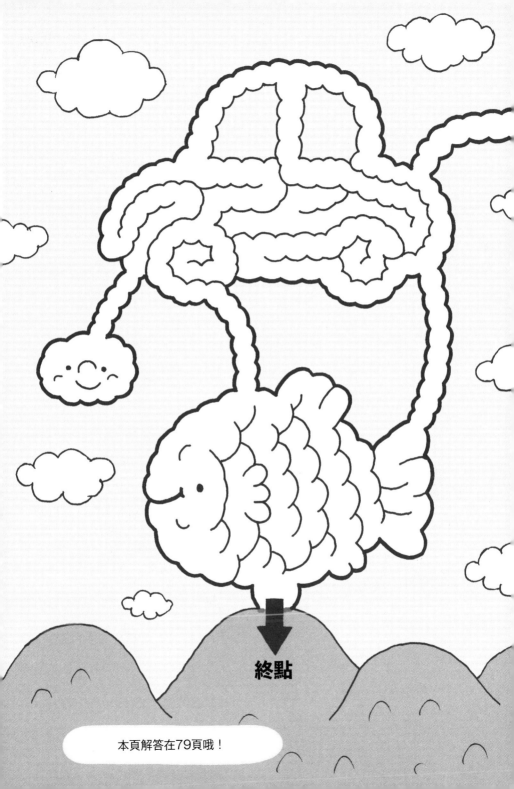

終點

本頁解答在79頁哦！

心驚膽跳迷宮之國

搶救小龜大作戰

文・圖／深見春夫　翻譯／蘇懿禎

起點

終點

※所有解答都在76～79頁。

有一天早上，小豬阿噗起床之後，發現他心愛的寵物烏龜「小龜」不見了！在小龜的床鋪旁邊，放著一封信。

信

我把小龜帶走了。如果你想找回他的話，就來迷宮國裡的城堡吧！

迷宮國魔法師

大石頭

前往迷宮國的地圖

迷宮國

池塘

阿噗想起了關於迷宮國魔法師的恐怖傳說。

據說迷宮國的魔法師為了把人抓到迷宮國裡，都會帶走那個人最心愛的東西。

想要帶回心愛物品而進入迷宮國的人，都再也沒有回來過，還變成迷宮的一部分。

3

阿噗如果無法走出迷宮國的話，可能就會被變成像下面這樣的迷宮。但是，阿噗對自己很有信心，所以他決定前往迷宮國，把小龜帶回來。

起點

終點

4

到了迷宮國，連大門都是迷宮。

穿過這個迷宮後，就可進入迷宮國。

6

迷宮國

起點

終點

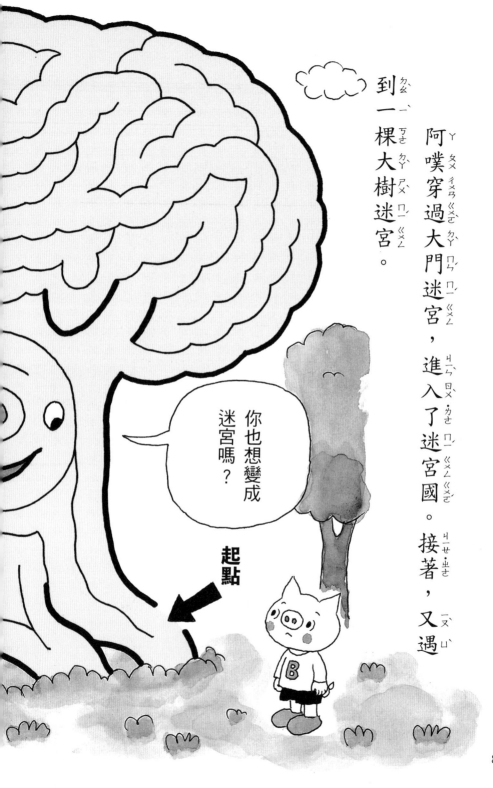

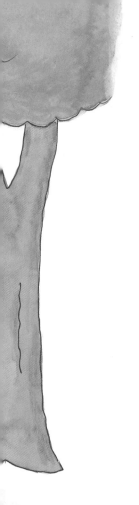

森林裡有許多被變成迷宮的動物。

「你們都沒有走出迷宮呀?」

「對呀!不過要是有人能夠成功走出迷宮國的所有迷宮,我們都能變回原本的模樣。」

「好,我一定會走出全部的迷宮,讓大家恢復原狀。」

起點

終點

14

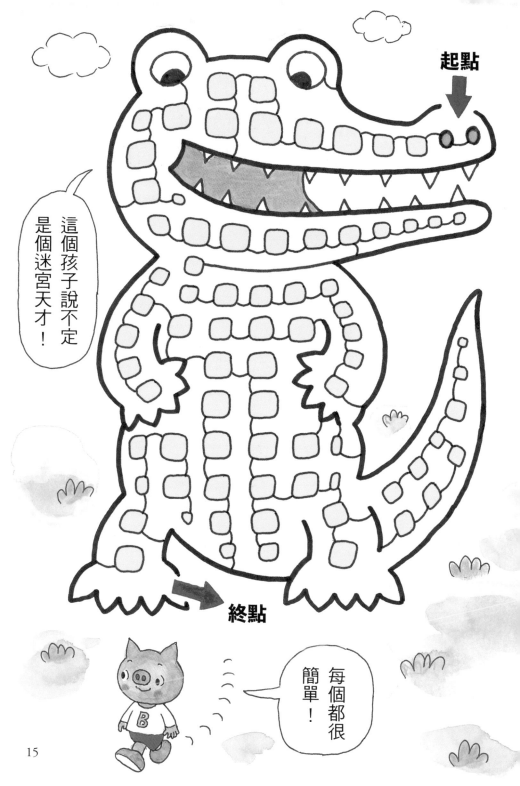

起點

「話說回來，魔法師的城堡在哪裡呢？」

「在很遠很遠的另一頭哦！你要在下

一個迷宮中拿到三支鑰匙，再穿過很多

很多迷宮之後才到得了。」

16

終點

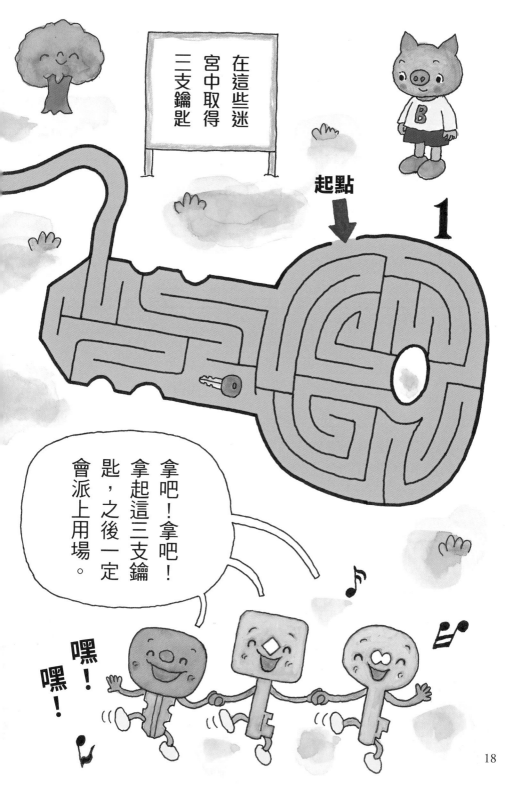

2

3

終點

阿ㄚˋ噗ㄆㄨˋ順ㄕㄨㄣˋ利ㄌㄧˋ

拿ㄋㄚˊ到ㄉㄠˋ三ㄙㄢ支ㄓ鑰ㄧㄠˋ匙ㄕ

了ㄌㄜ。

阿噗前面停著一輛蜈蚣車。

哇！好帥的車子！

轟隆隆隆隆

在引擎的鑰匙孔裡，插進第一支在迷宮裡拿到的鑰匙，引擎就發動了。

20

阿噗的開車技術非常好，就算是很狹窄的地方，也能輕鬆通過。

凹凸不平的地方也難不倒他。

這輛蜈蚣車在迷宮裡也能開呢！

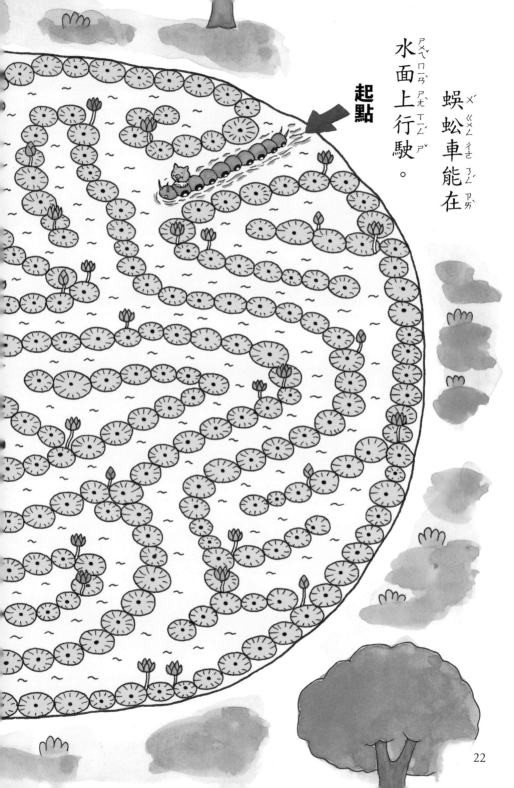

蜈蚣車能在水面上行駛。

起點

22

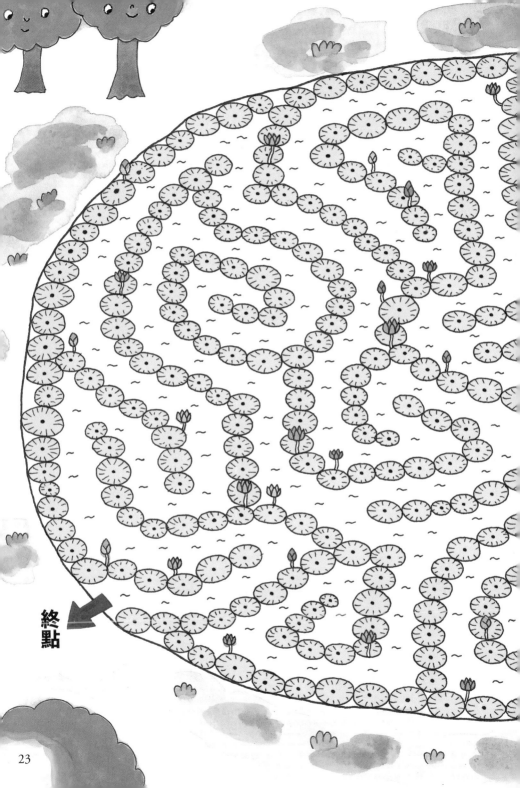

終點

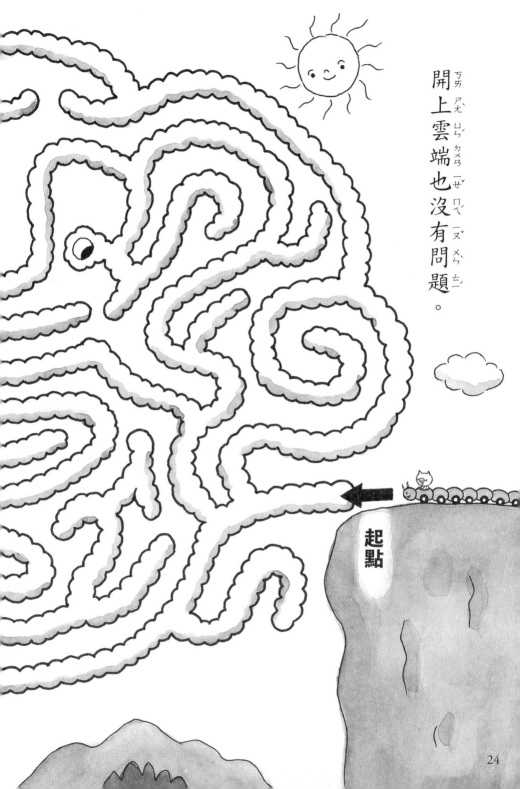

開上雲端也沒有問題。

起點

24

起點

終點

26

再繼續往前走，遇見農家老太太出來擺攤。

哈密瓜看起來好好吃哦！

這個跟哈密瓜長得很像，但不是哈密瓜哦！這是哈迷瓜，裡面有迷宮。如果你不能破解這些迷宮，就無法繼續往前走。

大特賣
一顆10元

阿噗買下了所有的哈迷瓜。

總共50元，給你。

大特賣
一顆10元

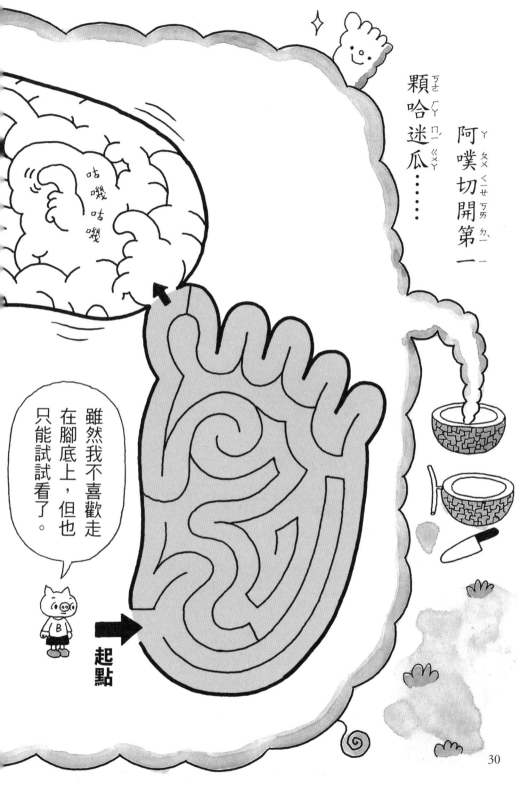

阿噗切開第一顆哈迷瓜……

雖然我不喜歡走在腳底上，但也只能試試看了。

起點

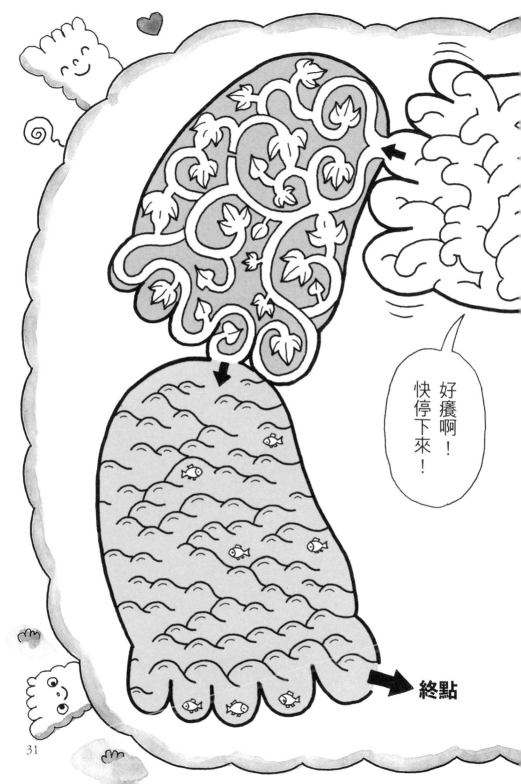

終點

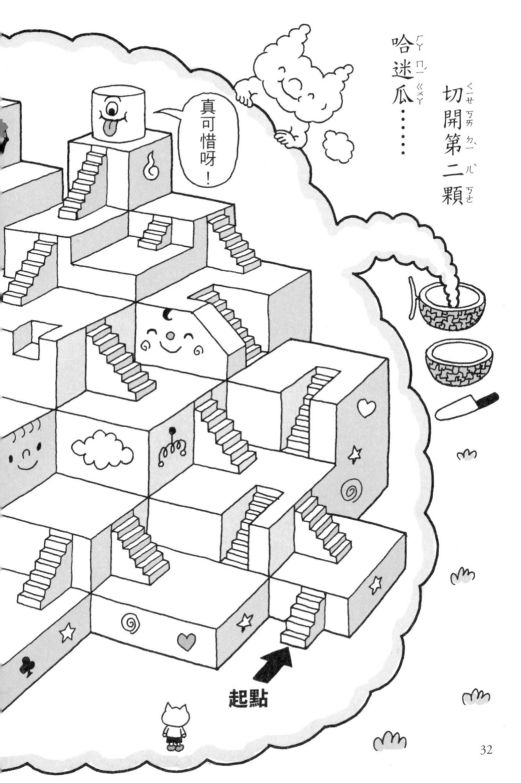

真可惜呀！

哈迷瓜……

切開第二顆

起點

32

終點

33

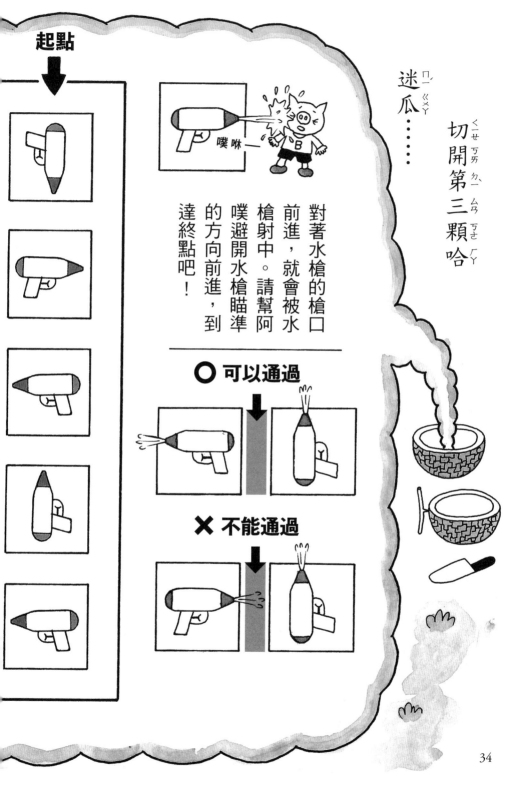

起點

迷瓜……

切開第三顆哈

對著水槍的槍口前進，就會被水槍射中。請幫阿噗避開水槍瞄準的方向前進，到達終點吧！

噗咻——

○ 可以通過

✕ 不能通過

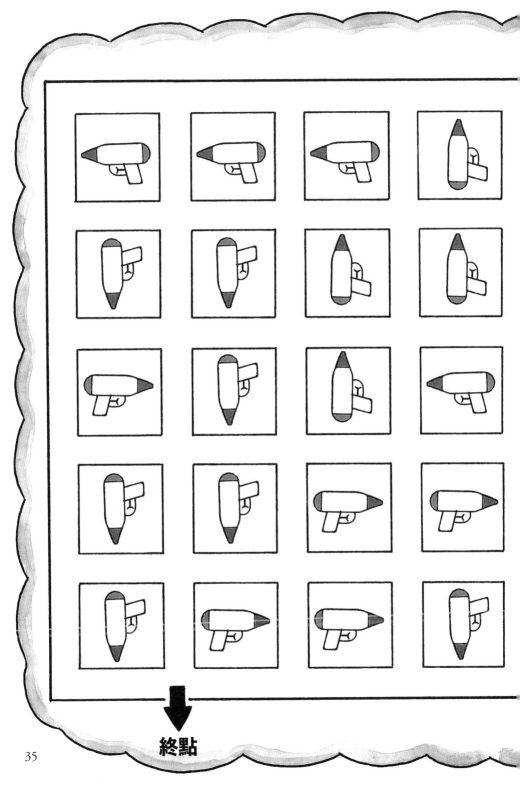

終點

35

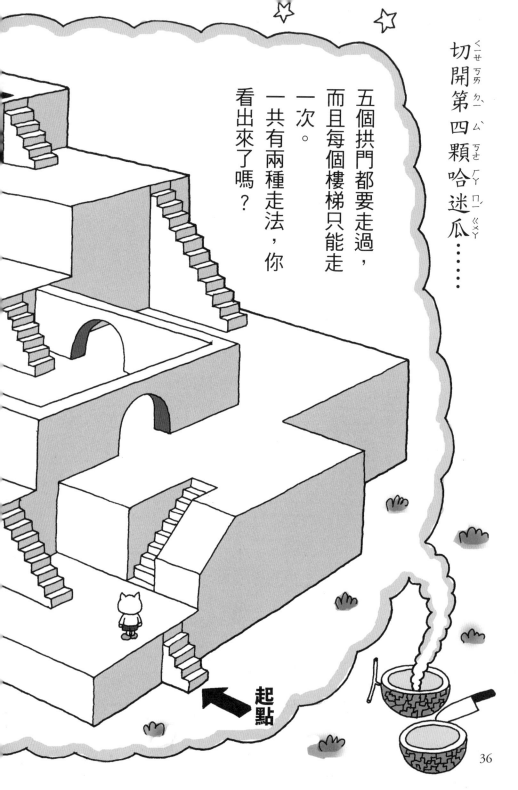

切開第四顆哈迷瓜ㄑㄧㄝ ㄎㄞ ㄉㄧˋ ㄙˋ ㄎㄜ ㄏㄚ ㄇㄧˊ ㄍㄨㄚ……

五個拱門都要走過，而且每個樓梯只能走一次。一共有兩種走法，你看出來了嗎？

起點

36

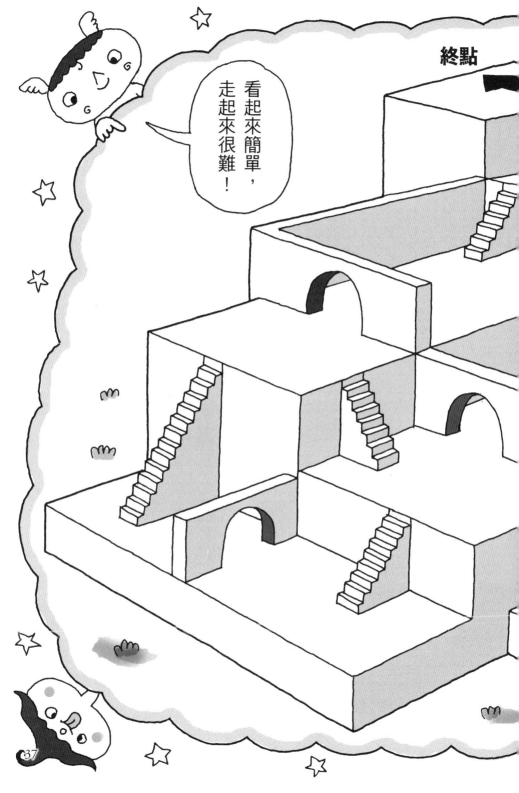

切開最後一顆哈迷瓜……
出現了一張臉，也是迷宮！

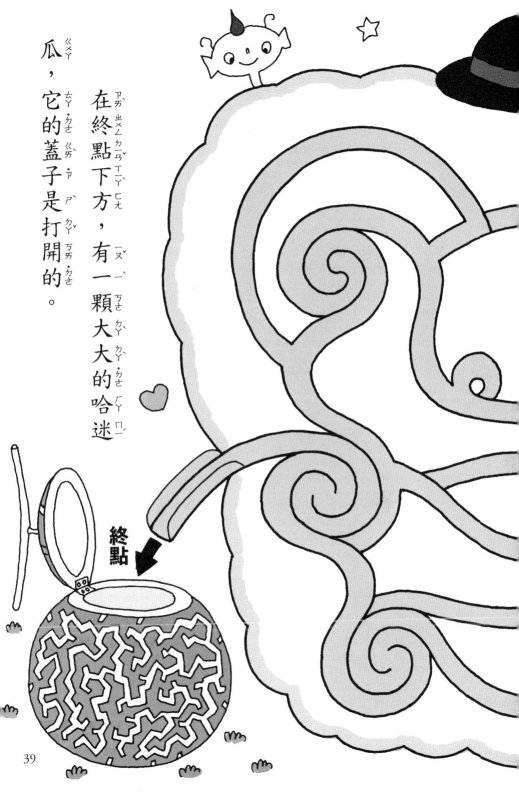

在終點下方，有一顆大大的哈迷瓜，它的蓋子是打開的。

終點

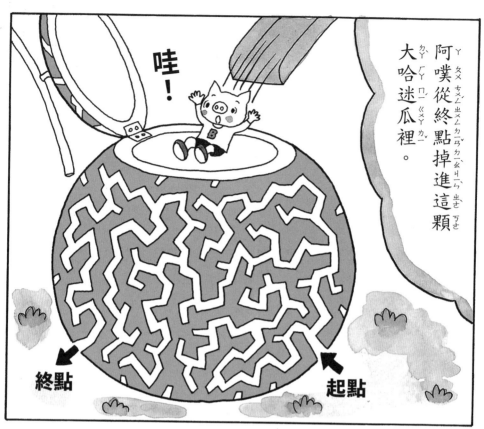

阿噗從終點掉進這顆大哈迷瓜裡。

終點

起點

哇！

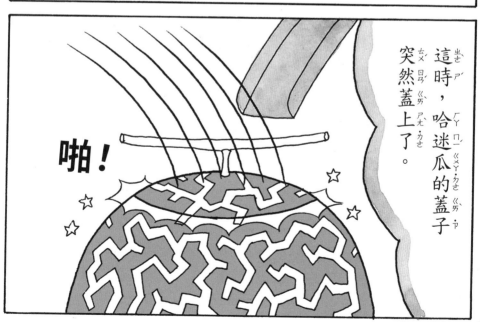

這時，哈迷瓜的蓋子突然蓋上了。

啪！

40

上有一個鑰匙孔。
忽然，他發現牆壁

糟糕，該怎麼辦才好呢？

阿噗被關在裡面。

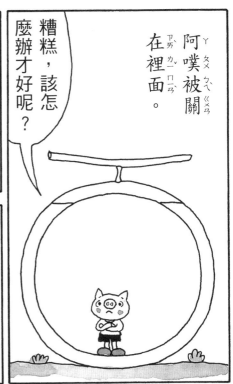

他把第二支鑰匙插入孔裡旋轉。

就這樣打開了哈迷瓜的門。

橋的前方停著一輛奇怪的車子。

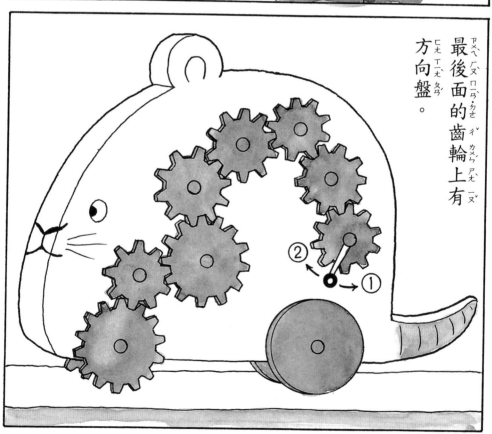

最後面的齒輪上有方向盤。

42

搭上這輛車過橋。把最後面的方向盤轉向①或是②，車輛就會前進。哪一邊才正確呢？你只有一次機會。

阿噗仔細觀察了車輛，一次就轉向正確的那一邊。阿噗是往哪一邊轉動呢？

這輛車真好玩，好想帶回家哦！

喀啦喀啦

♥ 找一找，哪裡不一樣？♥

左邊和右邊的迷宮有五個地方不一樣。找找看吧！

起點

終點

起點

終點

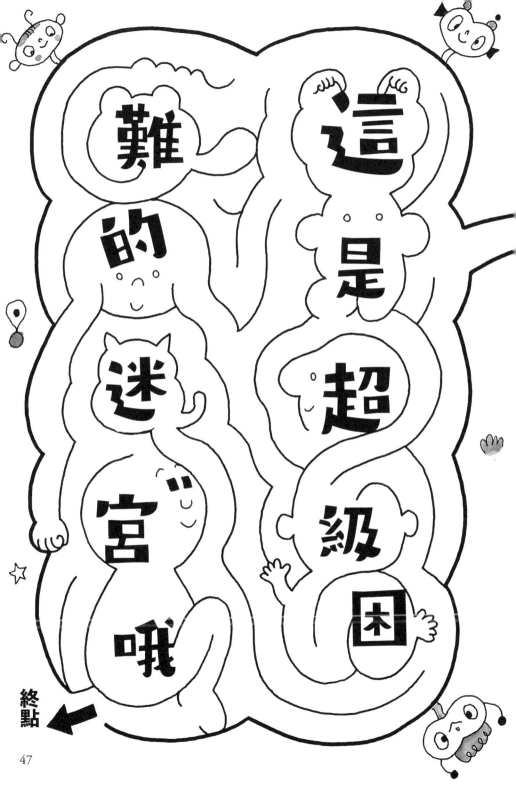

48

50

阿噗走進了一個腳爪形狀的迷宮。

突然，這隻腳爪飛上天空。

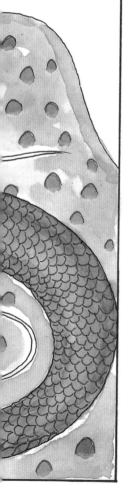

原來這是隻龍爪。

52

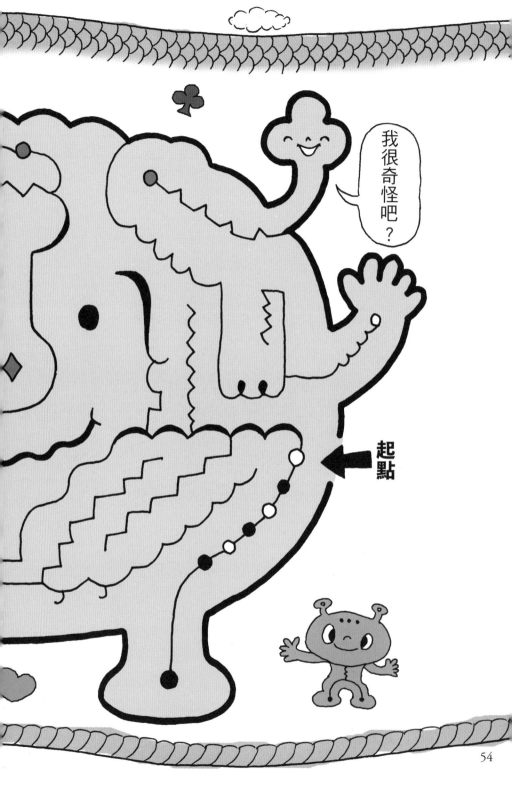

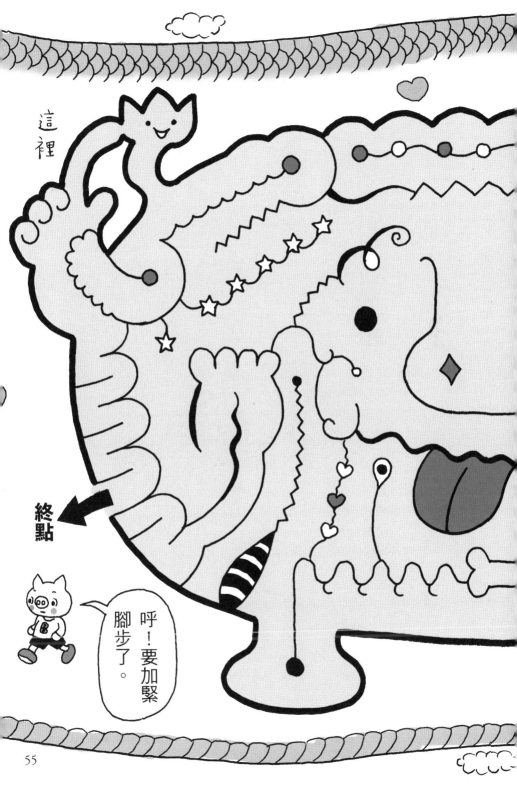

照著1、2、3、4⋯⋯的順序走，一直到終點的31為止，中間不可以跳過數字，例如不可以從2直接跳到4哦！

起點

5	4	3	2	**1**
6	4	3	3	3
7	6	5	4	5
10	7	8	9	6
13	10	11	10	7
14	13	8	9	8
15	12	11	10	11

這有一點難，加油！

13	12	11	10	9	10
24	23	22	21	8	7
25	26	23	20	21	8
28	27	20	19	18	9
26	28	19	22	17	10
30	29	18	17	16	15
31	20	19	20	15	14

終點

57

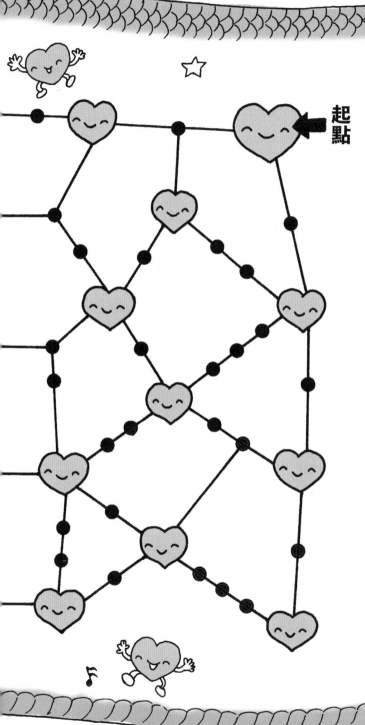

從起點開始，沿著線走到終點。從一個愛心移動到另一個愛心之間，只能經過一個黑點，兩個或三個黑點都不行。可以在黑點轉彎。

起點

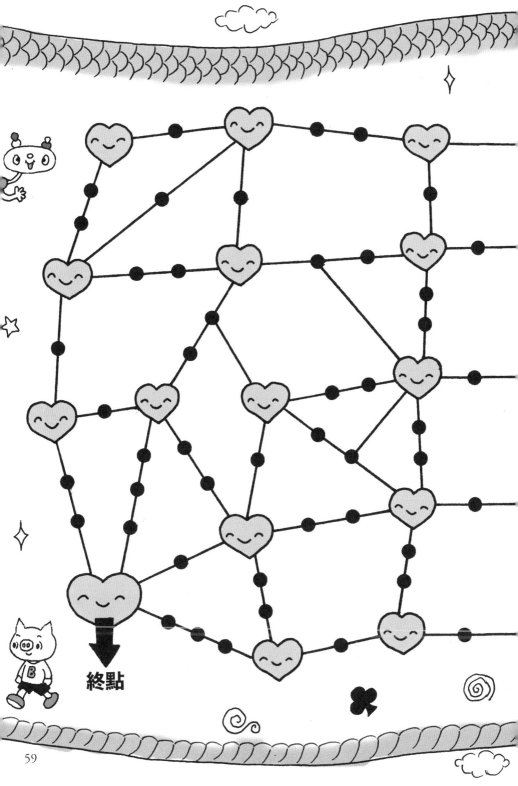

終點

穿過大門迷宮到達終點時，請用鑰匙插進鑰匙孔開門。

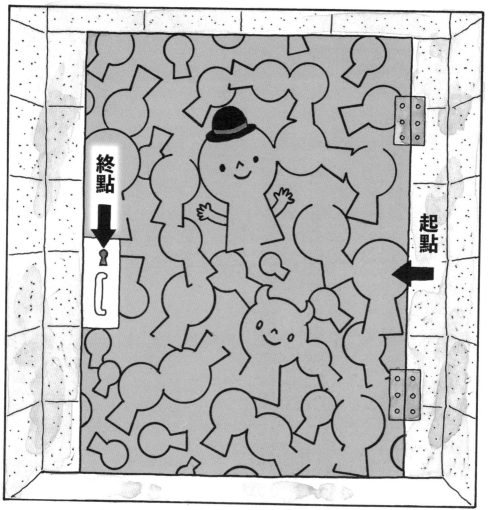

終點

起點

阿噗到了終點的鑰匙孔前，拿出第三支鑰匙打開了門。

起點

終點

喀嚓

中庭的噴泉擋住了他的去路。

起點

不穿過我的話，就無法前進哦！

66

終點

經過走廊時，牆壁上的畫中人竟然一把將阿噗抓進了畫裡。

68

請你穿越迷宮，走到裡面那扇門。

起點

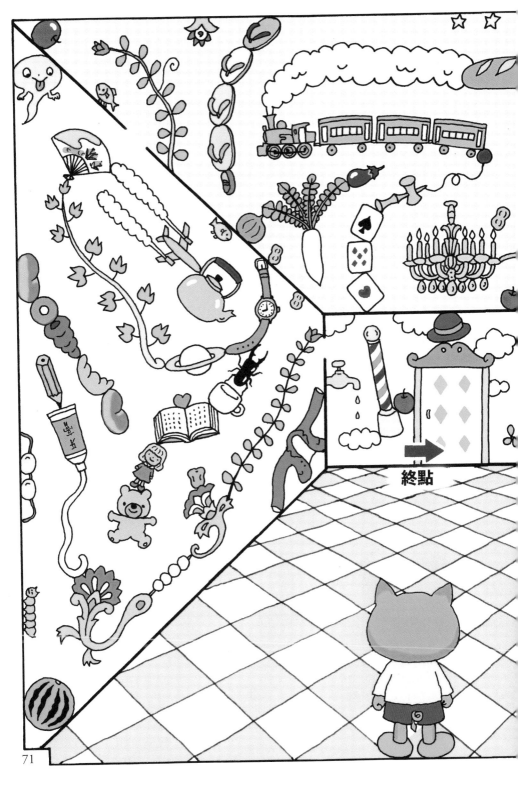

終點

阿噗到達終點，打開了門，魔法師就坐在裡面。

「了不起！你贏了。

我把小龜還給你。」

72

「哇！太棒了。」阿噗開心的說。

73

被變成迷宮的動物們恢復成原來的模樣，

大家也都拿回了自己心愛的東西。

然後，他們和阿噗一起離開迷宮國。

阿噗，謝謝你。

不客氣。

74

迷宮國

終點

穿過這個迷宮
後，就可進入
迷宮國。

75

〈大門 第1頁〉

解答

〈第8～9頁〉

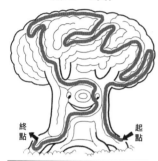

〈第7頁〉

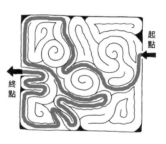

〈第4頁〉

〈第13頁〉

〈第12頁〉

〈第11頁〉

〈第16～17頁〉

〈第15頁〉

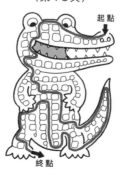

〈第14頁〉

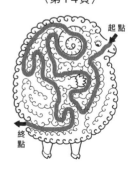

76

〈第22～23頁〉

起點

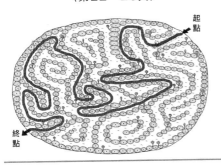

終點

〈第18～19頁〉

2

起點

1

3

終點

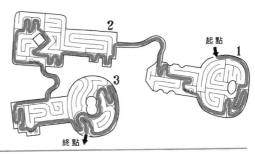

〈第26～27頁〉

終點

起點

起點

終點

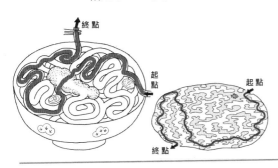

〈第24～25頁〉

終點

起點

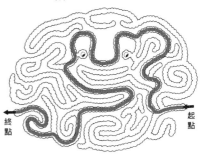

〈第32～33頁〉

終點

起點

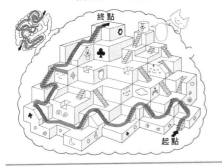

〈第30～31頁〉

終點

起點

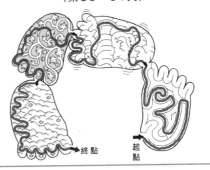

〈第36～37頁〉

終點

起點

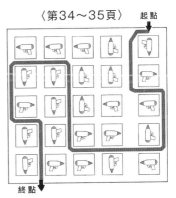

〈第34～35頁〉

起點

終點

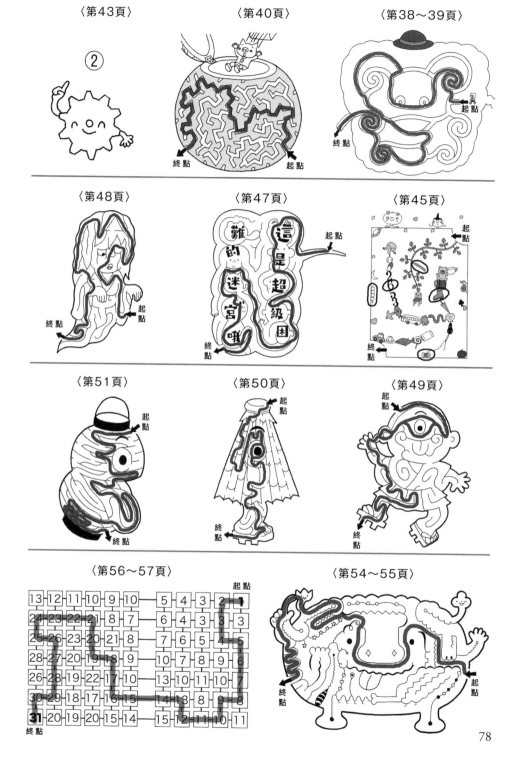

〈第43頁〉 ②

〈第40頁〉 起點 終點

〈第38～39頁〉 起點 終點

〈第48頁〉 起點 終點

〈第47頁〉 這是超級困難的迷宮哦 起點 終點

〈第45頁〉 起點 終點

〈第51頁〉 起點 終點

〈第50頁〉 起點 終點

〈第49頁〉 起點 終點

〈第56～57頁〉 起點 終點

〈第54～55頁〉 起點 終點

〈第60～61頁〉

〈第58～59頁〉

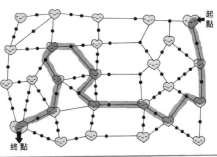

〈第66～67頁〉

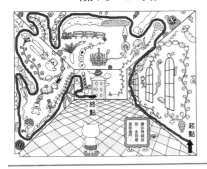

〈第64頁〉

〈第70～71頁〉

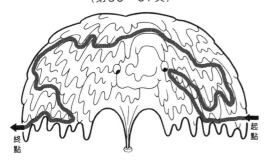

〈第69頁〉

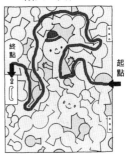

〈附贈的迷宮❷〉

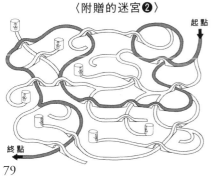

〈附贈的迷宮❶〉

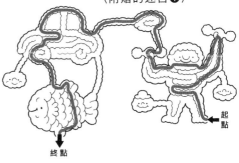

〈封面的迷宮〉

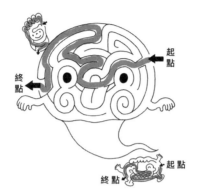

起點

終點

起點

終點

〈封底的迷宮〉

起點

終點

繪童話

心驚膽跳迷宮之國：搶救小龜大作戰

文・圖／深見春夫　翻譯／蘇懿禎

總編輯：鄭如瑤｜主編：施穎芳｜特約編輯：邱孟嫻｜美術設計：陳姿足
行銷副理：塗幸儀｜行銷助理：龔乙桐

社長：郭重興｜發行人兼出版總監：曾大福
業務平臺總經理：李雪麗｜業務平臺副總經理：李復民
實體業務協理：林詩富｜海外業務協理：張鑫峰｜特販業務協理：陳綺瑩
印務協理：江域平｜印務主任：李孟儒
出版與發行：小熊出版・遠足文化事業股份有限公司
地址：231 新北市新店區民權路 108-3 號 6 樓｜電話：02-22181417｜傳真：02-86672166
客服信箱：service@bookrep.com.tw｜客服專線：0800-221029
劃撥帳號：19504465｜戶名：遠足文化事業股份有限公司
Facebook：小熊出版｜E-mail：littlebear@bookrep.com.tw
讀書共和國出版集團網路書店：http://www.bookrep.com.tw
團體訂購請洽業務部：02-22181417 分機1132、1520

法律顧問：華洋法律事務所／蘇文生律師｜印製：凱林彩印股份有限公司
初版一刷：2022 年 8 月
定價：320 元｜ISBN：978-626-7140-37-6

DOKI DOKI MEIRO NO KUNI Copyright © 2013 by Haruo FUKAMI
All rights reserved.
First original Japanese edition published by PHP Institute, Inc., Japan.
Traditional Chinese translation rights arranged with PHP Institute, Inc.
through Bardon-Chinese Media Agency

國家圖書館出版品預行編目 (CIP) 資料

心驚膽跳迷宮之國：搶救小龜大作戰／深見春夫作；蘇懿禎翻
譯 . -- 初版 . -- 新北市：小熊出版：遠足文化事業股份有限公
司發行 , 2022.08
　88 面；14.8×21 公分 -- (繪童話)
　注音版
　ISBN 978-626-7140-37-6（平裝）

523.2　　　　　　　　　　　111009648

小熊出版FB專頁　　　小熊出版官方網頁

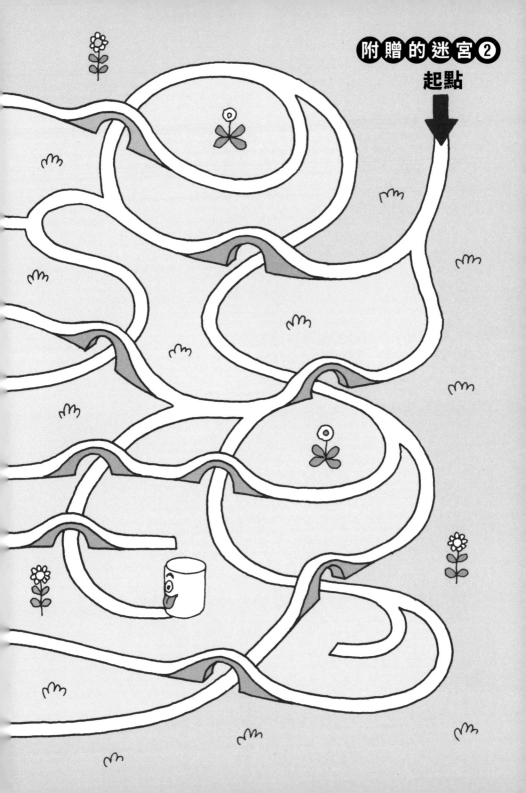

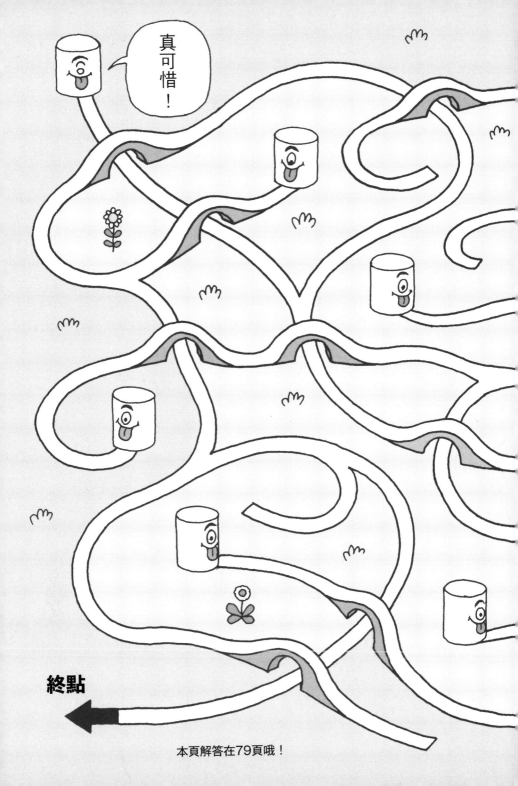